給一點也不壞的舒先生。
　　——愛咪‧戴克曼

給莉蒂亞、歐貝爾，與強博爾。
　　——澤切里亞‧歐哈拉

啪！

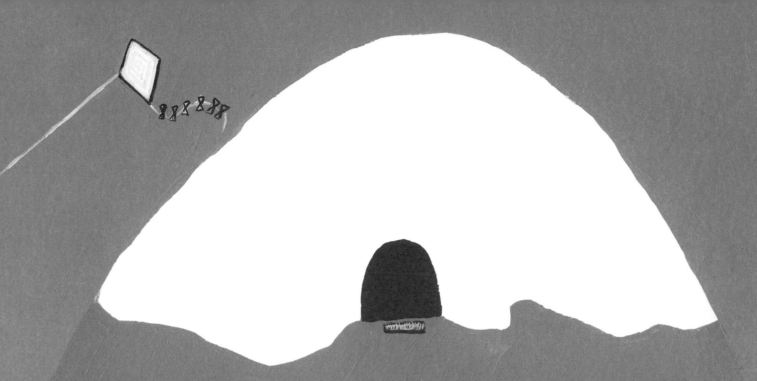

大壞熊!

愛咪·戴克曼／文　澤切里亞·歐哈拉／圖　酪梨壽司／譯

三民書局

小女孩在大熊的巢穴外探頭探腦。

就在她快要搆到風箏時——
他卻翻了個身。

卡嚓！

大壞熊！

小女孩大叫。

小女孩氣呼呼的衝下山。

大壞熊！

她氣呼呼的踩過草原。

她一路氣呼呼的踏著大步回家。

大熊火大了。

「我一點也不壞啊！」
他說。

「是她自己闖進我家的！」

「是她在大吵大鬧耶！」

「是**她**把**我**吵醒的！」　　「要是**我**也對**她**……」

大熊有個主意。

是個大壞熊的主意。

大熊練習橫衝直撞。

他練習大吵大鬧。

他練習吵醒別人。

蝙蝠尖叫。

「搞定！」
大熊說。

大熊氣呼呼的踏出巢穴。

小女孩氣呼呼的踏進房間。

但她氣得睡不著。
於是她試著畫畫。

她試著讀書。

她試著對她最好的聽眾訴苦。

那隻
大壞熊！

「他弄壞我的——」

嗤！

忽然間，
她的玩偶不能再好好
聽她說話了。

「我不是故意的！」女孩哭了。

「喔。」

這時，大熊氣呼呼的衝下山。

他氣呼呼的踩過草原。

他一路直衝女孩的家門口——

門打開了。

對不起!

女孩說。

大熊心中所有的壞主意頓時都消失不見了。

大熊拍拍女孩的頭。

他擦乾女孩的眼淚。

他有了另一個主意。

是個甜心熊的好主意。

「謝謝你，大熊。」
女孩輕聲的說。

她也有個甜甜的好主意。

大熊和女孩踏著輕快的步伐穿越草原。

他們蹦蹦跳跳的上山去。

然後一起修好所有的東西。

包括那支風箏。

一切都很美好……

至少目前是啦。

作者的話

我曾經弄丟過一次風箏。風箏線斷了，我的新風箏就這樣飛走——可能掉進某隻熊的巢穴。希望那隻熊會喜歡我的風箏。——愛咪·戴克曼

繪者的話

《大壞熊！》是用壓克力顏料畫在九十磅無酸性Stonehenge印刷紙上的作品，受到這個故事的啟發，我買了許多風箏，也克服了使用紫色作畫的恐懼。——澤切里亞·歐哈拉

© 大壞熊！

文　　字	愛咪·戴克曼
繪　　圖	澤切里亞·歐哈拉
譯　　者	酪梨壽司
責任編輯	倪若喬
美術設計	郭雅萍
發 行 人	劉振強
發 行 所	三民書局股份有限公司
	地址　臺北市復興北路386號
	電話　(02)25006600
	郵撥帳號　0009998–5
門 市 部	(復北店) 臺北市復興北路386號
	(重南店) 臺北市重慶南路一段61號
出版日期	初版一刷　2017年1月
	初版二刷　2018年1月
編　　號	S 858221

行政院新聞局登記證局版臺業字第○二○○號

有著作權·不准侵害

ISBN　978–957–14–6264–6　(精裝)

http://www.sanmin.com.tw　三民網路書店
※本書如有缺頁、破損或裝訂錯誤，請寄回本公司更換。

年度 27 26 25 24 23 22 21 20 19 18 17 16

刷次 15 14 13 12 11 10 9 8 7 6 5 4 3 2 1